Du même auteur, à la courte échelle

Collection Premier Roman

Série Babouche:
Ne touchez pas à ma Babouche
Babouche est jalouse
Sauvez ma Babouche!
Ma Babouche pour toujours

Série Marcus:
Marcus la Puce à l'école

Gilles Gauthier

EDGAR
LE BIZARRE

Illustrations
de Jules Prud'homme

la courte échelle

Les éditions de la courte échelle inc.

Les éditions de la courte échelle inc.
5243, boul. Saint-Laurent
Montréal (Québec) H2T 1S4

Conception graphique:
Derome design inc.

Révision des textes:
Odette Lord

Dépôt légal, 2e trimestre 1991
Bibliothèque nationale du Québec

Données de catalogage avant publication (Canada)

Gauthier, Gilles, 1943-

   Edgar le bizarre

   (Roman Jeunesse; 29)

   ISBN 2-89021-159-2

   I. Jules Prud'homme.   II. Titre.   III. Collection.

PS8563.A85E33 1991   jC843'.54   C91-096049-6
PS9563.A85E33 1991
PZ23.G38Ed 1991

Depuis l'heure de l'enfance, je ne suis pas
Semblable aux autres; je ne vois pas
Comme les autres [...].

Seul, Edgar Allan Poe.

Prologue

Mes parents me croient un peu fou. Ils disent que je devrais arrêter de chercher des mystères partout.

Ma mère Lucille passe son temps à me répéter:

— Tu devrais lire autre chose que des histoires qui ne tiennent pas debout. Tu vas finir par voir le monde tout de travers.

Il faut dire que je suis un grand amateur d'histoires bizarres.

Mon père, lui, prétend que je ferais mieux de travailler mes mathématiques. Il affirme qu'à douze ans, ce n'est pas normal que je compte encore sur mes doigts.

Venant de lui, ça se comprend. Raymond est un homme d'affaires. Une vraie machine à calculer. Mais un ordinateur par famille, je calcule que c'est assez.

Moi, c'est l'inconnu qui m'intéresse. Ce qui n'est pas évident à première vue, mais qu'on peut découvrir si on garde les yeux ouverts assez longtemps.

Pour mon père, deux et deux font quatre et c'est tout. Pas pour moi. Pour moi, il n'y a presque rien qui soit aussi simple que ça en a l'air. La vie est remplie de mystères qu'il faut essayer d'éclaircir.

Et on ne doit pas tellement compter sur l'aide de ses parents sur ce plan-là. Il y a de faux mystères que les parents inventent eux-mêmes pour cacher ce qui fait leur affaire. Il y a une foule d'événements qui les dépassent totalement. Et on dirait qu'avec le temps, les adultes deviennent de plus en plus fatigués de voir que la vie est aussi mystérieuse.

Mon père et ma mère veulent avoir la paix. Ils préfèrent faire comme si tout était simple, finalement. Lucille dit qu'il ne faut pas toujours se casser la tête, que ce sont souvent les humains qui compliquent la vie inutilement.

Ma mère se trompe. Le monde est plein de phénomènes étranges. Et moi, Edgar Campeau, j'ai décidé une fois pour toutes de garder l'oeil ouvert et de percer certains des mystères de la vie. Même si mon père se moque de moi. Même s'il trouve que je perds mon temps avec mes livres de folies.

Chapitre I
Dans la peau de Poe

Étrange! Étonnant! Extraordinaire! Je n'en reviens tout simplement pas! Et mes parents qui pensent que mes lectures ne me mènent nulle part!

Écoutez ça. Ça s'est passé pas plus tard qu'hier.

Je suis assis dans le salon, il pleut dehors et je ne sais pas quoi faire de mes dix doigts. Je décide donc d'aller à la bibliothèque municipale emprunter quelques livres d'histoires bizarres.

Comme je connais par coeur à peu près toutes les histoires que l'on retrouve dans la section «jeunesse», je vais fouiller dans le secteur des adultes, pour une fois. J'avais toujours hésité à aller voir de ce côté-là. Je déteste les livres trop longs ou trop difficiles à comprendre.

Je cherche au fichier sous la rubrique FANTASTIQUE. Je regarde les titres les uns après les autres quand, tout à coup,

j'aperçois mon prénom au bout d'un nom d'auteur. Le nom de l'auteur est POE et le livre auquel renvoie la fiche s'intitule *Histoires extraordinaires*.

Je suis intrigué par le fait qu'un autre Edgar semble s'intéresser comme moi à ce qui sort de l'ordinaire. Je prends en note la référence et je trouve le livre sur les rayons.

Il y a une courte biographie au début. J'y apprends qu'Edgar Poe était un orphelin. Adopté par un dénommé John Allan, il est surtout connu sous le nom d'Edgar «Allan» Poe.

Vous deviez, comme moi, être passablement étonné du fait que «Edgar Poe» et «Edgar Campeau», ça se ressemble pas mal, merci! Mais vous allez l'être encore plus quand vous allez apprendre ce qui suit.

Dans les autres prénoms qui sont sur mon extrait de naissance et qui ne me servent jamais, j'ai aussi «Alain», le prénom de mon parrain.

«Edgar Alain Campeau». «Edgar Allan Poe». Ça commence à faire pas mal de ressemblances, vous ne trouvez pas?

Excité et un peu apeuré même, je jette

un nouveau coup d'oeil sur la biographie et... le livre me tombe presque des mains.

Au milieu de la page que j'ai devant les yeux apparaît la date de naissance de l'auteur. Edgar Allan Poe est né à Boston en 1809, mais le 19 JANVIER, comme moi!

Je dépose le livre et j'essuie les sueurs froides qui me coulent sur le front. Il est clair que je suis en train de vivre l'un des moments les plus incroyables de ma vie.

Toutes ces «coïncidences» ne peuvent pas être seulement dues au hasard. J'ai le net sentiment d'être en train d'entrer dans une autre dimension de la réalité. Dans une dimension où passé et présent ne sont pas coupés l'un de l'autre comme on le pense généralement.

Quelqu'un a dirigé mes pas vers CE secteur de la bibliothèque. Quelqu'un m'a poussé à choisir CE livre. Mais qui? Et pourquoi?

Je n'ai pas aussitôt fini de formuler ma question que la réponse apparaît dans ma tête comme un flash éblouissant.

EDGAR ALLAN POE!

Moi, Edgar Alain Campeau, je suis une réincarnation d'Edgar Allan Poe.

L'âme de cet auteur habite mon corps.

Si vous êtes amateur d'histoires bizarres, vous avez sûrement déjà entendu parler de réincarnation. Sinon, c'est maintenant que vous allez comprendre ce que je veux dire.

Il existe toutes sortes de théories sur ce qui nous arrive après la mort. Et il y a des gens qui pensent que l'âme d'une personne qui meurt peut aller continuer sa vie à l'intérieur d'un autre corps. C'est ça, la réincarnation, du moins d'après ce que j'ai pu saisir dans les histoires que j'ai lues.

Je n'ai jamais tellement parlé de la mort avec mes parents, mais ça me surprendrait qu'eux croient à la réincarnation. Lucille et Raymond doivent plutôt penser que la vie est déjà assez compliquée comme ça sans avoir à la continuer quand on est mort. Dans le corps d'un autre en plus!

Il me semble même avoir déjà entendu Raymond qui disait: «On a seulement une vie à vivre, cibole, vivons-la comme du monde!» Mon père ne croit sûrement pas à la réincarnation.

Oui, mais comment expliquer alors

toutes ces ressemblances entre moi et Edgar Poe?

J'ai beau me creuser la tête, je n'arrive pas à imaginer une autre solution. Ça ne peut tout simplement pas être une simple question de hasard.

Il me paraît évident que, dans mon cas, on est devant un exemple clair de réincarnation. Et je serai probablement obligé un de ces jours d'expliquer ça à mes parents qui ne connaissent absolument rien à toutes ces choses-là.

J'ai bien dit «un de ces jours»... Car je ne crois pas que Lucille, et Raymond surtout, soient présentement mûrs pour écouter calmement le genre d'hypothèse que je viens de formuler.

Je fais mieux de tenir ça mort encore un petit bout de temps et d'accumuler mes preuves. Sinon, il y a de bonnes chances que je me ramasse dès demain matin avec mon père chez le psychiatre!

Chapitre II
Le vaisseau fantôme

Même si mon père est une machine à calculer, il arrive de temps à autre qu'il réagisse comme un humain et qu'il en vienne à en avoir assez de ses chiffres. À ces moments-là, la machine fait toujours la même chose: elle décide de remplacer les chiffres par des poissons et elle part à la pêche.

Normalement, Raymond va pêcher avec ses amis et ne s'embarrasse pas de son fils. D'autant plus qu'il sait que je ne suis pas particulièrement amateur d'eau.

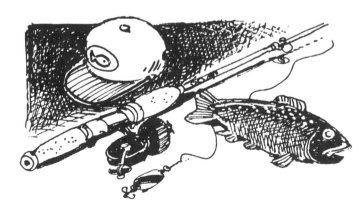

Je n'ai pas le pied marin et je n'aime pas voir de pauvres bêtes la mâchoire transpercée par un crochet de métal.

Mais aujourd'hui, mon père n'a trouvé personne pour l'accompagner et il s'est rabattu sur moi. Il s'est mis dans la tête de me faire perdre une partie de ma jeunesse à torturer des petits êtres sans défense.

— À douze ans, il est temps que tu apprennes à tenir une canne à pêche, mon gars.

— Ça ne me tente pas, papa. Tu sais que je n'aime pas faire souffrir les animaux.

— On voit que tu n'as pas encore étudié l'écologie à l'école! Les plantes nourrissent les animaux. Les animaux nourrissent les hommes. Il n'y pas de mal à attraper quelques poissons et à prendre sa place dans le grand cycle de la vie.

Raymond se met souvent à jouer au savant comme ça quand il ne sait pas quoi dire. Il se met à radoter, et tout de travers, la plupart du temps.

— Tu sais très bien, papa, que je ne mange pas de poissons. J'ai toujours peur qu'ils se vengent et qu'ils me plantent à leur tour une de leurs arêtes dans le fin

fond de la gorge. Ils auraient raison de le faire, à part ça!

— Si tu ne veux pas pêcher, c'est ton affaire, mon gars! Je respecte ton opinion. Mais tu pourrais quand même m'accompagner. Tu verrais ce que c'est qu'un artiste du lancer léger.

Lucille n'a pas l'air de comprendre pourquoi Raymond insiste autant.

— Laisse-le donc tranquille! Tu vois bien que ça ne lui dit rien d'aller faire tremper une corde à l'eau.

— Il me semble que ça serait bon qu'Edgar lâche ses livres de fous cinq minutes. Toi-même, tu veux toujours qu'il fasse du sport d'habitude.

— Du sport, oui! Mais tu sais que je n'ai jamais trouvé que la pêche était un vrai sport, moi non plus.

Lucille a peur de l'eau. Elle ne met jamais les pieds dans un bateau. Mais aujourd'hui, j'ai l'impression qu'elle n'aura pas le dernier mot. Raymond a ferré un gros poisson pour l'accompagner et il ne lâchera pas sa prise de sitôt.

Me voilà donc dans le quatre-roues avec mon père et tout son attirail de guerre. Ça fait déjà une éternité qu'on

roule sur des routes où même un pigeon voyageur aurait de la misère à se retrouver. Sur des routes tellement peu carrossables que j'ai le mal de mer avant de mettre un pied à terre.

Et Raymond qui m'annonce toujours qu'on arrive au prochain tournant!

— Tiens! Tu vois! C'est le lac.

Je ne me rappelle plus comment ils définissent un lac dans notre livre de géographie, mais ce que j'ai devant les yeux m'a plutôt l'air d'un océan. Pour moi, c'est le monstre du loch Ness que Raymond a l'intention d'attraper.

Juste à regarder les vagues, je me sens le coeur faible. Il faut absolument que j'essaie une dernière fois de raisonner mon paternel.

— Je ne me sens pas tellement bien, papa. Je crois que je vais te laisser aller sonder un peu le fond du «lac» pendant que je vais me reposer du voyage dans le chalet. Demain, je t'accompagne, c'est juré!

— Tu peux te reposer dans le yacht. Il y a un lit dans la cabine. Une fois sur le lac, tu vas voir, la vague va te bercer. Tu vas dormir comme un bébé.

— J'aimerais mieux dormir dans le chalet.

— Aide-moi à embarquer l'équipement. Ça va te faire du bien. Ensuite, tu dormiras toute la journée, si tu veux. Ça se conduit tout seul, ce yacht-là.

J'ai vu que je parlais pour rien et j'ai obéi. On a mis tout le matériel dans le yacht et on est partis sur le «lac».

Le temps était beau, mais j'avais un pressentiment. Il me semblait que quelque chose allait se produire. Comme j'étais mort de fatigue, j'ai cependant laissé Raymond s'occuper de tout et je suis allé m'étendre sur le petit lit dur de la cabine.

J'ignore combien de temps j'ai dormi et je ne sais toujours pas à quel moment exactement je me suis réveillé. Car il s'est passé sur ce yacht-là des événements qui relèvent autant du rêve que de la réalité.

À un moment donné, j'ai entendu un énorme grondement et je me suis senti comme emporté à toute vitesse dans un immense tourbillon liquide. J'ai ouvert les yeux et je n'ai plus su tout d'abord où je me trouvais.

Un mur d'eau encerclait le yacht, m'empêchant d'apercevoir la moindre parcelle de ciel. Le «lac» de Raymond s'était transformé en une vaste mer en furie et un vent effroyable s'engouffrait en claquant dans l'entrée de la petite cabine.

Avec beaucoup de mal et en perdant plusieurs fois l'équilibre, j'ai réussi à me lever et à m'approcher de la porte. Mais je ne voyais Raymond nulle part.

Paniqué, je me suis alors mis à crier à tue-tête, au milieu de la tempête.

— Papa! Papa!

Je m'épuisais à appeler mon père sans succès quand apparut, au sommet de la vague qui nous encerclait, un immense voilier noir. Il semblait voler au-dessus de l'eau comme un gigantesque oiseau de proie.

Je ne pouvais plus respirer. Je regardais, effrayé, ce vaisseau fantôme qui filait à toute allure à travers le brouillard.

Le navire était maintenant tout près. Des ombres bougeaient sur le pont. Le brouillard s'est dissipé. Et soudain tout m'a semblé complètement irréel.

Sur le pont du voilier, je venais d'apercevoir Lucille, ma mère, un long châle

sur les épaules. Ses cheveux battaient au vent.

Après un premier instant de stupeur, j'ai remarqué, auprès d'elle, quelqu'un qui la tenait par la taille. Croyant avoir reconnu Raymond, je me suis remis à crier de toutes mes forces.

— Papa! Papa!

Lucille et l'homme ont tourné lentement la tête dans ma direction. Malgré la tempête qui faisait rage et l'eau qui bouillonnait tout autour, ils avaient l'air calmes et souriaient.

Toutefois l'homme près de ma mère n'était pas Raymond. C'était un homme blond, assez grand, le visage bruni par la mer.

Je connaissais ce visage. J'étais même sur le point d'identifier l'homme quand soudainement... tout s'est évanoui.

Selon la version de Raymond, c'est moi qui me suis évanoui sur le yacht, après avoir été fortement affecté par le mal de mer. Mon père a dû écourter son voyage de pêche et il n'est pas à la veille de me ramener avec lui.

Il a raconté à sa façon les événements à Lucille. Selon lui, j'étais tout pâle avant

même de mettre les pieds dans le yacht. Il a suffi d'une petite brise pour que le mal de mer me couche pour de bon.

Pauvre Raymond! Je ne lui ai rien dit de ce que j'avais vu. Pour lui, j'ai tout simplement été malade au mauvais moment et j'ai gâché son voyage.

Mais maintenant, pour moi, une chose est sûre. Edgar Allan Poe habite au milieu de moi. Et tout me porte à croire qu'il cherche à me faire connaître, par des moyens détournés, une étrange vérité que ma mère Lucille m'a toujours cachée.

Vous ne me suivez pas très bien? Continuez, vous allez comprendre.

Chapitre III
Le mystère Émilie

Edgar Allan Poe est loin d'être un écrivain pour les jeunes et ses histoires extraordinaires ne sont pas faciles à lire. Les phrases sont souvent longues et remplies de mots rares que je ne comprends pas toujours.

Cependant, avant mon voyage de pêche, j'avais quand même réussi à passer à travers trois de ses histoires. L'une d'elles, dont il faut absolument que je vous parle maintenant, s'intitule *Manuscrit trouvé dans une bouteille*.

Pourquoi parler de cette histoire en particulier? Lisez plutôt et vous ne me poserez plus cette question.

Manuscrit trouvé dans une bouteille raconte un voyage en mer. Eh oui!

Je ne sais pas si vous me voyez venir, mais moi en tout cas, je recommence déjà à me sentir mal rien qu'à penser à ce que je vais vous raconter. Et un grand

frisson me traverse le corps quand je relis la phrase suivante qu'on trouve dans l'histoire:

«Ce fut à grand-peine que je me remis sur mes pieds, et regardant vertigineusement autour de moi, je fus d'abord frappé de l'idée que nous étions sur des brisants, tant était effrayant, au-delà de toute imagination, le tourbillon de cette mer énorme et écumante dans laquelle nous étions engouffrés.»

Je vous avais dit que les phrases de Poe étaient compliquées. Mais ce n'est pas pour ça que j'ai eu un frisson tout à l'heure. Il est évident que l'âme d'Edgar Poe qui m'habite est à l'origine de ce que j'ai vu sur le lac.

Rappelez-vous. Je marche difficilement dans la cabine du yacht et j'aperçois soudain une mer immense devant moi. Comme Poe dans son histoire.

Mais ce n'est pas tout. Attendez de lire la suite. Car un peu plus loin dans le texte de Poe arrive le passage suivant, qui va sûrement vous faire dresser les cheveux sur la tête.

«En levant les yeux, je vis un spectacle qui glaça mon sang. À une hauteur

terrifiante, juste au-dessus de nous et sur la crête même du précipice, planait un navire gigantesque, de quatre mille tonneaux peut-être.»

Je suis sûr que votre sang est glacé, vous aussi, et que tout ça doit vous sembler totalement incroyable. Pourtant, c'est la pure vérité. Pendant mon voyage de pêche avec Raymond, c'est comme si j'avais vu avec les yeux d'Edgar Poe.

Un dernier exemple?

Sur le navire de Poe se trouvent des personnages qui appartiennent au passé:

«Le navire avec tout ce qu'il contient est imprégné de l'esprit des anciens âges. Les hommes de l'équipage glissent çà et là comme les ombres des siècles enterrés...»

Et moi, je sais maintenant qui était près de Lucille sur le pont du voilier fantôme. J'ai retrouvé dans ma mémoire qui était cet homme blond au visage bronzé.

C'était William, un ancien ami de Raymond. Un homme que je n'ai jamais rencontré de ma vie, mais que j'avais déjà remarqué sur de vieilles photos dans l'album de mes parents.

Grâce à Poe, le spécialiste des histoires extraordinaires, je possède maintenant la

clé d'un mystère qui me hante depuis des années.

William, l'ancien ami de Raymond, est probablement le vrai père de ma supposée soeur Émilie.

Je gage que je viens de vous perdre encore une fois? Vous êtes là à vous demander ce que vient faire ma soeur Émilie dans mon histoire de bateau fantôme.

Attendez, je vous explique. Dans une minute, vous allez en savoir aussi long que moi.

Ça fait des années que je crois qu'il y a quelque chose qui cloche dans ma «soeur» Émilie. Émilie, c'est ma supposée soeur de cinq ans. Elle est le parfait sosie de Lucille, mais ne ressemble pas une miette à Raymond et à moi.

J'ai toujours été persuadé que ce n'est pas une vraie Campeau. Avec ses grands yeux bleus et ses cheveux blonds, avec son petit nez retroussé, Émilie, c'est Lucille toute crachée.

Et c'est aussi un peu William...

C'est ça que j'ai découvert grâce à Poe et à ce que j'ai vu sur le bateau fantôme. Émilie a un petit quelque chose d'un ancien ami de mon père.

Et ce que je soupçonne maintenant, c'est que ma mère Lucille a déjà aimé un autre homme et que cet homme, c'était William.

Raymond n'a probablement jamais rien su. Il est tellement occupé par ses affaires. Et je suis sûr d'ailleurs qu'il n'aurait jamais pu penser que William, son ami, pouvait faire une chose pareille.

C'est grave ce que je dis là, je le sais. Ça peut même sembler effrayant de penser des choses comme ça au sujet de sa propre mère. Je le sais aussi. Mais c'est quand même de plus en plus ce que je suis porté à croire. Et je vais vous dire encore pourquoi.

Dans son album de photos, Raymond en a une où on le voit avec William. Tous les deux tiennent Lucille par la taille. Or, j'ai toujours trouvé que William, «l'ami» de Raymond, regardait ma mère avec un drôle d'air sur cette photo-là. On jurerait qu'il était amoureux de Lucille.

C'est pour ça que maintenant, je suis à peu près certain qu'Émilie n'est pas ma vraie soeur et que c'est William, son vrai père. C'est probablement là le plus grand secret dans la vie de ma mère. Un secret

qui doit être lourd à porter, mais qu'elle a décidé de garder pour ne faire de peine à personne.

Tout ça, c'est encore seulement des hypothèses et je ne suis pas sûr à cent pour cent d'avoir raison. Je n'ai jamais osé parler de quoi que ce soit à Lucille ou à Raymond, vous pensez bien! C'est plutôt délicat.

Et pourtant... Il va falloir un de ces jours que j'arrive à éclaircir totalement ce mystère. Il va falloir que la vérité sorte. Comment? Là j'avoue que vous me posez une très bonne question.

Chapitre IV
Le portrait ovale

Si mon père est amateur de pêche, ma mère, elle, est amateur de peinture. Elle-même peint d'ailleurs.

Je n'essaierai pas de vous faire accroire que j'aime ce qu'elle fait. Je ne suis pas menteur. À vrai dire, je trouve ça affreux. Pour moi, ce sont des espèces de barbouillages de toutes sortes de couleurs qu'un enfant d'école serait capable d'imiter.

Je préfère de loin les dessins d'Émilie, même si elle n'est probablement pas ma vraie soeur. Au moins, avec Émilie, on peut deviner de quoi il s'agit.

Quand Émilie dessine un soleil, on sait que c'est un soleil. Il rit toujours, la bouche fendue jusqu'aux oreilles, et ses rayons ont un mètre de long. Avec Lucille, ce n'est pas aussi simple.

S'il faut appeler un chat un chat, comme dit souvent Raymond, il ne faut

pas avoir peur d'appeler une tache une tache!

Tous les tableaux de ma mère sont des paquets de taches qui s'entassent sur la toile les unes par-dessus les autres, tout de travers. Parfois les couleurs sont belles, mais ça reste des paquets de taches quand même.

Pourtant Lucille a étudié longtemps la peinture. Elle est capable de faire des beaux paysages, des beaux portraits. Elle en faisait avant. Je ne sais pas pourquoi elle s'amuse maintenant à faire des barbots.

Tout ça pour vous dire que Lucille aime la peinture et moi, pas tellement. Et tout ça pour vous parler d'un événement important qui s'est produit en fin de semaine.

Lucille a déjà exposé certains de ses tableaux et elle va souvent visiter les galeries. C'est normal, elle travaille là-dedans et elle veut se tenir au courant de ce qui se fait. Ce qui est moins normal cependant, c'est quand elle insiste pour que je l'accompagne.

— Viens! Tu vas voir que tu vas finir par aimer ça.

— C'est inutile d'insister, maman. Cette fois-ci, tu ne m'auras pas. La dernière fois que je suis allé avec toi, j'ai eu du mal à faire la différence entre les peintures et le papier peint sur le mur. Tu ne me reprendras pas aujourd'hui.

— Oui, mais aujourd'hui, c'est complètement différent. C'est de l'art figuratif. Je suis certaine que tu vas adorer ça.

— Figuratif tant que tu voudras, tu y vas sans moi.

Lucille a sorti un de ses nombreux livres remplis de reproductions et m'en a montré une pleine d'immenses fleurs jaunes.

— Regarde. Tu vois cette peinture-là. Ce sont des tournesols de Vincent Van Gogh. Tu ne me diras pas que ce n'est pas beau.

— Ça, c'est bien, mais ça n'a rien à voir avec les barbouillages que tu m'as emmené voir la dernière fois.

— Justement. C'est ce que j'essaie de t'expliquer. La fois précédente, c'était peut-être un peu trop abstrait. Aujourd'hui, ça va être des choses que tu vas reconnaître: des paysages, des personnages...

— Je n'ai pas confiance.

— Voyons, Edgar. Est-ce que j'ai l'habitude de te mentir?

La phrase de ma mère m'a immédiatement fait penser à son secret et à ma supposée sœur Émilie.

— Emmène Émilie. Elle te ressemble, elle. Elle adore faire des dessins comme toi. Vous allez bien vous entendre, toutes les deux.

— Émilie est trop jeune. Elle va trouver le temps long au bout de dix minutes. C'est une grosse exposition. Il y a cent cinquante toiles.

— Je suis certain dans ce cas-là que, moi aussi, je vais m'ennuyer à mort.

— Tant pis! Fais comme tu veux. Mais je suis persuadée que tu vas regretter avant longtemps de ne pas avoir voulu venir.

Je pensais m'en être tiré. J'étais sur le point de me sauver quand Raymond, qui nous écoutait sans un mot depuis le début, a décidé d'ajouter son grain de sel.

— C'est ça. Reste ici et lis tes histoires d'horreur. Ça, c'est beau au moins!

Comme je n'avais pas le goût d'entendre Raymond brailler le reste de la

journée, j'ai décidé d'accompagner ma mère. Je l'ai suivie vers la voiture en apportant mon livre d'Edgar Poe. Au cas où les barbouillages s'avéreraient moins intéressants que Lucille le prétendait.

On arrive donc à la galerie et on commence à se promener. Je dois avouer que les peintures étaient nettement moins laides que prévu. Il y en avait même que je trouvais franchement belles. Je n'osais pas trop le montrer à Lucille pour ne pas lui donner la fausse impression que je devenais un amateur d'art, moi aussi.

Comme je regarde ça moins longtemps que ma mère une peinture, ça n'a pas été long que j'ai pris pas mal d'avance sur elle. Je me disais qu'une fois que j'aurais tout vu, je pourrais m'asseoir dans un coin et lire un peu en attendant qu'elle finisse.

Mes yeux glissaient de plus en plus rapidement sur les derniers tableaux. Je m'apprêtais à finir ma visite quand tout à coup, j'arrive devant une toile qui m'a complètement assommé.

J'étais tellement surpris que j'ai regardé autour de moi pour être bien sûr que je ne rêvais pas.

Sur une toile ovale, devant moi, un portrait de ma soeur Émilie où elle ressemblait étrangement à William. Et au bas du tableau, une signature que je connais bien pour l'avoir vue sur un tas de barbots à la maison: Lucille Laforêt.

— Comment tu le trouves, ce tableau-là?

C'est Lucille, derrière moi, toute souriante.

Sur le coup, je ne savais pas quoi répondre. J'étais tellement loin de l'exposition dans ma tête. J'ai bredouillé:

— Beau... Euh!... Elle est belle... C'est beau...

— Tu ne t'attendais pas à ça, hein?

Je n'arrivais pas à me ressaisir. J'ai murmuré mécaniquement, comme pour me donner du temps pour penser:

— À ça?... Ah non!... N'importe quoi, mais pas ça!...

— C'est ta petite soeur Émilie. Je suppose que tu l'as reconnue.

Lucille semblait faire exprès de me harceler. On aurait dit qu'elle se doutait que j'avais déjà remarqué autre chose dans le tableau qu'on avait sous les yeux. Elle a ajouté:

— Moi, je trouve qu'elle se ressemble énormément.

J'avais l'impression que Lucille cherchait à découvrir ce que je savais à propos d'Émilie. Elle me faisait subir une sorte d'interrogatoire, mine de rien.

Tout ce que j'ai trouvé à rajouter finalement, en bafouillant encore une fois, ç'a été:

— Elle se ressemble... beaucoup... et... elle te ressemble aussi... évidemment...

J'ai alors regardé Lucille derrière moi. Elle fixait le tableau avec fierté.

J'étais mal à l'aise. Je ne savais pas si je devais lui avouer sur place que je savais tout à propos de William. Que je savais qu'Émilie n'était pas ma vraie sœur.

Je me suis retenu. Mais pour donner une chance à ma mère de faire les premiers pas et de se confier si elle en avait envie, j'ai dit d'un ton léger:

— Il me semble qu'elle me fait penser à quelqu'un d'autre également... Tu ne trouves pas?... Un ancien ami de papa...

Lucille est restée bouche bée. Elle était troublée. Elle ne s'attendait visiblement pas à une allusion aussi directe.

Elle a fait semblant de regarder le ta-

bleau plus attentivement pendant un bout de temps. Puis elle a fini par répondre d'un ton faussement détaché:

— Peut-être... Peut-être un peu à William?... Avec beaucoup d'imagination...

Lucille ne voulait pas avouer qu'elle était démasquée. Elle tenait à garder son secret. Pour ne pas la rendre mal à l'aise, je n'ai pas insisté et nous sommes rentrés à la maison.

Mais pour moi maintenant, tout est clair. Et il faut absolument que je trouve une façon d'amener ma mère à me dire la vérité.

Chapitre V
L'«ami» William

Pendant des jours, je me suis demandé si je devais dire moi-même à Lucille tout ce que je savais. Pendant des jours, je ne l'ai pas fait.

J'essayais d'imaginer à l'avance la réaction de ma mère quand elle se verrait démasquée.

Elle commencerait sûrement par tout nier. Elle me demanderait des preuves.

Elle rirait du genre de preuves que j'ai à apporter. Elle dirait que mon imagination a fait beaucoup trop de chemin.

Elle finirait par avouer. Elle me parlerait de Raymond, d'Émilie et de la peine que tous deux auraient en apprenant la triste vérité.

Elle me supplierait de ne rien leur dire, de garder cet énorme secret entre nous.

Elle me forcerait à jurer que jamais je ne dirais rien.

Elle...

Il y avait tant de possibilités que j'étais en train de m'épuiser à les imaginer toutes.

C'est finalement Lucille elle-même qui m'a tendu la perche alors que je lisais une nouvelle histoire de Poe. Elle s'est approchée de moi et m'a glissé, comme si c'était tout naturel:

— J'ai bien réfléchi à ce que tu m'as dit l'autre jour.

— Quand ça?

— Dimanche, à la galerie de peinture.

En entendant ces mots, mon livre m'est presque tombé des mains. J'ai levé des yeux affolés vers ma mère qui a paru surprise de me voir réagir ainsi.

— Qu'est-ce que tu as?

— Rien, rien. Tu m'as seulement fait un peu peur. J'étais encore dans mon histoire...

— Je ne suis pas un spectre, tu peux te détendre. Tout ce que je veux, c'est te parler un peu au sujet de William.

Mon livre est tombé par terre. J'étais renversé. Je n'avais rien eu à dire, et Lucille était sur le point de tout m'avouer. Pour ne pas nuire à sa démarche, j'ai cru bon de jouer à l'innocent.

— Quel William?

Lucille est restée calme.

— Tu sais très bien de qui je veux parler.

Je le savais en effet, mais je voulais laisser à ma mère le soin de dévoiler elle-même son secret.

— Le William sur les photos, je suppose?

— Je veux t'en parler parce que je crois que tu as deviné certaines choses à son sujet.

J'étais énervé, mais j'ai continué à faire l'ignorant.

— Moi? Quelles choses?

Lucille m'a regardé en hésitant un peu. J'ai vu des larmes lui monter aux yeux et je me suis senti tout à coup affreusement coupable. J'étais en train de forcer ma mère à me révéler le plus grand secret de sa vie. En une seconde, j'ai voulu tout arrêter.

— Tu sais, maman, tu n'es pas obligée de parler. Si tu préfères...

Lucille a fait un signe négatif de la tête et a continué.

— C'est une vieille histoire. Une vieille histoire d'amour qui s'est mal terminée.

— Tu n'es pas obligée, maman...

— Raymond, William et moi, on était de très grands amis. Et William était amoureux de moi.

— Et Raymond... papa... il était au courant?

— Bien sûr. Lui aussi m'aimait. Mais moi, à cette époque, j'étais troublée. Je ne savais plus qui...

Lucille s'est tue. Elle était très émue. J'étais complètement perdu.

— J'en sais assez maintenant, maman. Si tu veux...

Lucille s'est essuyé les yeux et a repris:

— William était un excellent marin. Il partait souvent seul sur son petit voilier. Mais ce jour-là... Ils ont retrouvé le voilier... Renversé... William était disparu.

Et moi qui croyais avoir tout deviné! Le père d'Émilie est mort noyé. Émilie est une orpheline!

Je ne pouvais plus ouvrir la bouche. J'aurais voulu revenir en arrière, ne jamais rien savoir. J'aurais voulu avoir laissé à Lucille son secret. Mais il était trop tard. Le mal était fait.

Comme pour briser un long silence difficile à supporter, j'ai demandé à

Lucille d'une voix basse:

— Ils ne l'ont jamais retrouvé?

— Jamais... Et maintenant, tu peux comprendre pourquoi, même quinze ans plus tard, j'ai été troublée quand tu as fait une allusion à William à la galerie.

Je comprenais tout, évidemment.

Ou plutôt, je ne comprenais plus rien. Car Lucille venait de dire que son histoire d'amour avec William s'était passée QUINZE ans plus tôt.

Émilie n'a que CINQ ans! William ne peut donc pas être son père! J'avais dû mal entendre.

— Tu as bien dit que tout ça était arrivé il y a quinze ans, maman?

— Exactement. Et il m'a fallu du temps pour oublier. On s'est mariés deux ans plus tard, Raymond et moi. C'est grâce à ton père que j'ai finalement repris goût à la vie. Grâce à lui et à toi qui es né peu après notre mariage.

— Oui, mais... Émilie?

— Quoi, Émilie?

— Euh!... La naissance d'Émilie?...

— On a hésité longtemps avant d'avoir un deuxième enfant. J'étudiais, Raymond travaillait fort pour mettre sur pied son

bureau. Mais on a finalement pensé qu'il serait bon que tu aies une petite soeur.

— Une petite soeur?... Émilie?...

J'ai aperçu de gros points d'interrogation dans les yeux de Lucille.

Toutes mes hypothèses s'écroulaient d'un seul coup. Émilie était ma vraie soeur. William, l'ancien amoureux de ma mère, s'était noyé quinze ans auparavant.

Décidément, la vie était encore beaucoup plus mystérieuse que tout ce que j'avais pu imaginer.

Et je n'avais pas fini d'être étonné.

Chapitre VI
L'énigme
du gros chat blanc

Émilie était donc ma vraie soeur. Il fallait que je me rentre ça dans la tête une fois pour toutes et que j'arrête de me poser des questions à son sujet.

Après tout, les familles sont remplies d'enfants qui ne se ressemblent pas plus qu'une pomme et une poire.

La soeur de Richard, mon ami à l'école, ne lui ressemble pas du tout. Mais ils n'ont pas le même père tous les deux!

Geneviève, la voisine, a très peu de points communs avec sa soeur Gabrielle. C'est vrai qu'elles ne sont pas nées de la même mère!

Pourtant, il doit bien y avoir des cas où des enfants ont les mêmes parents et sont aussi différents que moi et Émilie?

C'est bizarre... J'ai beau faire le tour dans ma tête de tous les jeunes que je connais, je n'arrive pas à trouver un seul cas semblable.

Et pourtant, s'il y a une personne qui sait si Émilie est ma vraie soeur, c'est bien Lucille! Je suis convaincu qu'elle ne m'a pas menti. C'est trop important. Il ne me reste donc qu'à m'habituer à l'idée.

Émilie est ma vraie soeur. Émilie est ma vraie soeur.

Mais pourquoi alors cet énorme chat blanc est-il venu chez nous? Et pourquoi a-t-il parlé à Émilie? Parce que, croyez-le ou non, un chat bizarre se trouve à l'instant même dans la chambre de ma supposée... de ma soeur. Et ce chat lui a parlé. Je vous le jure.

Il y a deux semaines, Émilie arrive à la maison avec un gros chat blanc dans les bras. Elle était toute fière de son coup en le montrant à Raymond et en criant:

— Regarde, papa. Mon minou. Je le garde. C'est mon minou.

Raymond, qui n'a jamais été un amateur d'animaux, sauf de poissons comme vous le savez, n'avait pas la même idée.

— Donne-moi ça, ce chat-là. Il est peut-être malade. Il est peut-être méchant. Il peut te griffer ou te crever un oeil comme rien.

Émilie était loin d'être impressionnée.

Elle serrait le gros chat contre elle.

— Mais non, papa. C'est mon gros minou. Je l'ai trouvé. Il est doux, doux.

— Ce chat appartient sûrement à quelqu'un. On ne peut pas garder le premier chat venu. Il faut chercher son propriétaire.

Émilie prenait très mal le discours de Raymond et commençait déjà à avoir la larme à l'oeil.

— C'est MON minou. T'as pas le droit de me prendre MON minou. C'est lui qui est venu me voir.

— Ce n'est pas TON minou, Émilie. C'est le minou de quelqu'un qui va avoir beaucoup de peine si on ne lui rapporte pas son chat.

— C'est MON minou.

— Voyons, mon bébé. Sois raisonnable. Tu vois bien que ce chat-là est trop gros pour une petite fille comme toi.

Raymond était visiblement dépassé. Il n'arrivait déjà plus à trouver des arguments qui aient de l'allure.

Avant que ça aille trop mal, j'ai décidé de prendre les choses en main. Il fallait tirer mon père d'embarras jusqu'à ce que ma mère arrive. Car c'était le genre de problème qui ne pouvait se régler sans

une intervention directe de Lucille.

Seul, Raymond ne viendrait jamais à bout de ma suppo... d'Émilie. J'ai donc suggéré:

— Je vais aller voir avec Émilie s'il y a des gens aux alentours qui cherchent un chat blanc. S'il appartient à des personnes des environs, il y a des bonnes chances qu'elles soient en train de le chercher.

Émilie ne voulait rien savoir, mais mon père a sauté sur ma suggestion. Ça lui donnait le temps de respirer un peu. Et ça donnait surtout le temps à ma mère d'arriver pour régler le problème.

Vous vous doutez bien qu'on n'a pas trouvé les propriétaires du chat, Émilie et moi. Mais quand on est revenus à la maison, Lucille était arrivée, à la grande satisfaction de Raymond.

— Je peux garder mon minou, hein maman?

Émilie venait de repasser à l'attaque en courant se jeter dans les bras de Lucille avec le gros chat.

— On va voir ce qu'on peut faire, mon chou. Laisse maman réfléchir un petit peu.

Sentant que la situation devenait dangereuse, Raymond a réagi aussitôt.

— Tu sais qu'il n'est pas question de garder un animal dans la maison. Je vais aller voir aux alentours. Ce chat-là n'est sûrement pas gras comme ça pour rien. Toi, téléphone à la fourrière pour savoir s'ils n'auraient pas eu un appel.

Pendant tout le temps que Raymond a été parti, Émilie n'a pas arrêté de tout faire pour persuader Lucille de garder le chat. Et le chat, de son côté, a tout fait pour amadouer ma mère.

Il se collait sur elle, il ronronnait comme un Boeing 747. On aurait dit qu'il savait que c'est Lucille qui déciderait de son sort, finalement.

Quand Raymond est revenu bredouille de sa petite promenade, les dés étaient déjà joués. Personne n'avait réclamé le chat à la fourrière et Lucille suggérait de garder la bête à la maison. En attendant que quelqu'un la réclame...

Raymond a tout de suite senti qu'il était battu et n'a pas résisté davantage. Depuis ce jour-là, le gros chat blanc est officiellement devenu le chat d'Émilie. Et c'est avant-hier que j'ai appris que le matou a parlé à ma soeur.

Vous ne pourrez jamais imaginer ce qui

s'est passé. Il y a de quoi remettre en question vos idées simplistes sur les chats.

Avant-hier soir, pendant le repas, Émilie nous annonce qu'elle a décidé de donner un nom à son minou. Tout le monde est là, à table, qui mange tranquillement et qui sourit en l'entendant dire ça. Même Raymond qui, ces derniers temps, a l'air de tolérer de mieux en mieux le gros matou.

Tout le monde mange et attend donc avec impatience la grande décision de ma... soeur.

— J'ai choisi un beau nom. Un nom qu'il y a juste mon minou qui va l'avoir, dit Émilie, toute fière.

— Eh bien! vas-y. Dis-le-nous ce beau nom-là, pour qu'on sache comment l'appeler à l'avenir.

Aussi étonnant que ça puisse paraître, c'est Raymond qui vient de parler comme ça.

Émilie est tout excitée. Elle savoure à l'avance sa trouvaille et prolonge le suspense.

— Le nom de mon minou, c'est... c'est...

Voyant qu'elle veut nous agacer, j'entre

dans son jeu.

— Ti-Blanc?

— Bien, non!

— Ti-Noir?

Émilie rit.

— Il est blanc. Il est pas noir.

Je continue.

— Euh!... Edgar?

— Non. C'est MON minou à moi!

Lucille, qui trouve le jeu drôle, enchaîne.

— Tu ne l'as pas appelé Émilie, j'espère?

— C'est pas une fille.

— Raymond!

C'est Raymond qui vient de parler. Émilie rit aux éclats.

— Non, non.... Le nom de mon minou, c'est... c'est... WILLIAM!

En une seconde, tous les rires ont disparu. Raymond regarde Lucille avec de grands yeux. Lucille est secouée.

Après un long moment de silence et de malaise, Raymond prend la parole pour essayer d'arranger les choses.

— Où est-ce que tu es allée chercher ça, ce nom-là?

Sans hésiter, Émilie répond:

— C'est le nom de mon minou.

Avec un petit sourire forcé, Raymond continue.

— Tu sais, Émilie, c'est... c'est un nom anglais. Et ce n'est pas un nom de chat que tu as choisi... Tu pourrais peut-être continuer à chercher... Peut-être que...

— WILLIAM! C'est son nom. Il s'appelle WILLIAM!

Lucille m'a regardé et a baissé la tête. Elle doit penser que c'est moi qui ai parlé à Émilie. J'ai l'impression qu'elle se retient pour ne pas pleurer.

Je ne sais plus quoi faire. J'ai le sentiment que c'est à mon tour maintenant d'essayer de faire entendre raison à ma soeur. Mais je me doute bien que c'est inutile.

Pour alléger un peu l'atmosphère et amener peut-être Émilie sur une nouvelle piste, je lui suggère:

— GARFIELD! Tu pourrais l'appeler GARFIELD. Comme le gros chat à la télévision.

Lucille a relevé la tête. Elle me regarde, puis se tourne vers Raymond.

— C'est un beau nom que la petite a trouvé... Moi... je n'ai pas d'objection à ce que le chat d'Émilie s'appelle Wil... liam.

Lucille a hésité un peu sur la dernière syllabe.

Quand j'ai regardé Raymond de nouveau, j'ai vu qu'il avait les yeux mouillés. Il a mis sa main sur celle de Lucille et il a dit, avec une voix douce que j'avais l'impression de n'avoir jamais entendue:

— Il va s'appeler William. Comme Émilie l'a décidé.

Lucille a eu un petit sourire un peu triste tandis qu'Émilie, elle, était folle de joie. Elle a couru vers le gros chat et l'a pris dans ses bras en l'embrassant.

— Mon beau William. Mon beau gros minou.

Lucille s'est levée de table et est sortie de la cuisine. Raymond l'a suivie aussitôt.

J'ignore encore pourquoi le chat a révélé à Émilie le nom de l'ancien amoureux de maman, mais je suis convaincu que c'est lui qui a fait le coup. Même si cela paraît impensable. Et j'ai l'intention de faire mon enquête et de démasquer le coupable.

En attendant, j'avoue que j'ai appris au moins une chose avant-hier. Mon père est loin d'être seulement une machine à calculer! Et je suis fier de ce qu'il a fait pour Lucille.

Chapitre VII
L'incroyable sourire

Comme le chat dort dans la chambre d'Émilie, mon enquête à son sujet est un peu difficile. Cependant, je ne désespère pas de coincer l'animal.

Chaque soir, quand Émilie se couche et jase avec le chat avant de s'endormir, je me cache derrière sa porte et j'écoute. J'écoute pour voir si le gros tas de poils ne prononcerait pas un nouveau mot.

Il doit se douter que je l'espionne. Jusqu'ici, il s'est contenté de ronronner ou de bâiller comme un chat ordinaire en réponse aux jasettes de ma soeur.

J'ai entendu souvent le nom de William, mais il venait toujours de la bouche d'Émilie. Parfois j'ai l'impression qu'elle aussi sait que j'écoute et qu'elle s'amuse à me faire sursauter.

Comme Émilie est un peu enrhumée ces temps-ci, qu'elle a un chat dans la gorge comme on dit, il lui arrive de

prononcer «William» avec une drôle de voix tout éraillée. Mais ce n'est pas la voix d'un gros matou blanc, ça, je peux vous le garantir.

Je commençais à trouver que mon enquête n'avançait pas vite. Je me demandais même si toutes mes hypothèses n'étaient pas finalement un mélange de coïncidences et de créations de mon imagination.

J'étais sur le point d'abandonner la partie et de laisser le matou vivre tranquillement sa vie de gros chat de salon quand... Je l'aperçois, ce matin, couché en boule sur les genoux de Lucille. Il regardait avec de grands yeux l'album de photos que ma mère était en train de feuilleter.

Le chat semblait fasciné, comme hypnotisé. Il ne bougeait pas d'un poil, figé comme une statue de plâtre. On aurait dit que même son coeur avait cessé de battre.

Mais ses yeux luisaient comme deux étoiles vertes.

Intrigué, je me suis approché sans que Lucille m'entende. J'ai jeté un coup d'oeil sur ce qui attirait ainsi l'attention du chat.

Inimaginable!

Lucille tenait dans sa main la fameuse photo dont je vous ai déjà parlé. Le chat

William fixait William, l'ancien amoureux de maman. Et à cet instant précis s'est produit un événement que j'ai encore maintenant du mal à croire.

Le gros chat blanc a tourné lentement sa tête dans ma direction. Il souriait. Il affichait un large sourire qui a disparu dès que Lucille m'a aperçu et m'a dit:

— Ah! c'est toi!

J'étais mal à l'aise. J'avais l'impression d'avoir pris Lucille par surprise encore une fois. J'ai essayé de reculer.

— Si tu veux être seule...

— Non, non. Reste. Je ne suis pas fâchée, tu sais, que tu aies parlé de William à Émilie.

— Mais non, maman...

— Il y a tellement longtemps que tu désirais en savoir plus. C'est normal que tu n'aies pas voulu que ta soeur vive la même chose que toi.

— Non, maman. Tu te trompes. Je n'ai pas...

— Je t'assure que je comprends ton geste.

— Ce n'est pas moi, maman, c'est... c'est...

Je ne pouvais aller plus loin. Le chat

était là qui me regardait. Il attendait de voir ce que j'allais dire, si j'allais le dénoncer.

Mais allez donc dénoncer un chat!

J'ai cru plus sage d'arrêter de me défendre et de laisser parler Lucille.

— Il est normal qu'à douze ans, tu te poses certaines questions sur le passé de tes parents et que tu souhaites mieux les connaître. Mais je doute qu'Émilie, à son âge, se pose les mêmes questions.

Lucille parlait, mais je ne l'écoutais plus. Je la voyais, beaucoup plus jeune sur la photo, et j'étais bouleversé. C'était comme si je découvrais, pour la première fois, qu'elle avait déjà été une autre personne que ma mère dans la vie.

Lucille avait connu, avant ma naissance, d'autres amours et d'autres peines. En me parlant de William l'autre jour, elle m'avait ouvert un côté caché de son coeur.

J'étais heureux que ma mère m'ait fait confiance et m'ait confié un peu de son passé.

Lucille a pris ma main. Sans que j'offre aucune résistance, elle m'a assis près d'elle comme elle fait souvent avec Émilie.

Ordinairement, je n'aime pas me faire minoucher par ma mère, mais cette fois-ci, c'était différent. J'avais le goût de la laisser faire. Il me semblait même que j'attendais depuis longtemps ce moment.

Je pouvais enfin laisser ma mère me caresser doucement les cheveux comme quand j'étais petit. Sans avoir honte. Sans me sentir mal.

C'était comme des retrouvailles entre maman et moi. C'était comme si une longue période de méfiance prenait fin.

Lucille aimait Raymond même en ayant aimé William. Elle pouvait aimer ma petite soeur Émilie sans cesser de m'aimer pour autant.

J'étais soulagé. Je me sentais léger auprès de Lucille. Heureux comme un enfant.

Et le gros chat William, serré comme moi dans les bras de Lucille, était un chat comme tous les autres. Doux, chaud, caressant, ronronnant.

Avait-il souri tout à l'heure? Est-ce que j'avais inventé ce sourire? Cela n'avait plus d'importance.

Dans les bras de Lucille, William et moi, on était bien.

Chapitre VIII
Il faut appeler
un chat un chat?

Au point où on en est, une hypothèse bizarre de plus ne changera pas votre opinion à mon sujet.

Ou bien vous me croyez déjà fou et alors, ma nouvelle hypothèse ne vous surprendra pas. Ou bien vous pensez, comme Edgar Poe et moi, que les mystères existent et qu'il faut chercher à les résoudre de toutes les manières possibles. Au risque de se tromper parfois... Et alors, vous accorderez un peu d'attention à mon hypothèse sur le sourire du chat.

Car je crois maintenant, après y avoir longuement réfléchi, que le chat William a bel et bien souri l'autre jour. Et que c'est lui qui a transmis à ma soeur le nom de l'ancien amoureux de maman. Mais commençons par le sourire.

Ce que je serais porté à penser à présent, c'est ceci. William, l'ancien amoureux de Lucille, s'est réincarné dans le

gros chat blanc d'Émilie.

Eh oui! Une autre réincarnation!

Ce ne serait donc pas un hasard si ce gros chat-là est arrivé un jour chez nous, comme ça, de nulle part, sans être invité. Il serait, d'une certaine façon, revenu voir Lucille et venu continuer à l'aimer sous sa nouvelle forme de chat.

Je sais que ça peut avoir l'air passablement farfelu tout ça.

Moi-même, j'ai un peu de mal à me persuader que ce gros matou paresseux a quoi que ce soit à voir avec l'ancien amoureux de ma mère. Mais jusqu'à

maintenant, c'est tout ce que j'ai trouvé pour expliquer le sourire du chat devant la photo.

William, devenu chat, était heureux de se revoir en amoureux de Lucille et c'est pour ça qu'il souriait. Il devait être content aussi de constater que Lucille ne l'avait pas complètement oublié, même quinze ans plus tard.

Comment expliquer autrement le sourire du gros chat? Il y a seulement dans *Alice au pays des merveilles* que j'ai déjà vu un chat sourire. Là et dans des dessins animés à la télévision.

Les vrais chats qui sourient ne courent pas les rues. Et je mettrais ma main au feu que le chat d'Émilie a souri l'autre jour.

Une seule fois cependant. Pas plus. Et ça, c'est embêtant. Parce que depuis ce jour-là, même quand je lui montre l'ancienne photo de William, le chat ne réagit plus.

Je ne sais pas s'il fait exprès ou s'il ne veut pas que j'en apprenne trop sur les mystères de la vie? Il ne regarde même pas dans la bonne direction. Il fait l'indifférent.

Mon hypothèse de la réincarnation en

chat de l'ancien amoureux de ma mère est donc fragile. Elle repose sur un seul sourire que le chat n'a jamais voulu répéter depuis.

Mais une hypothèse, c'est mieux que rien. Et en attendant que le matou décide de sourire de nouveau, je peux toujours me rabattre sur le fait qu'il a parlé à Émilie.

Même si, là aussi, les choses ne sont pas claires, claires.

Comme vous le savez, je n'ai jamais réussi à entendre le chat dire un seul mot. Toutefois, je sais que personne d'autre que lui n'a pu révéler à ma soeur le nom de l'ancien amoureux de maman. J'en ai donc conclu, comme vous auriez sûrement fait à ma place, que le chat avait parlé à Émilie.

Aujourd'hui cependant, je serais porté à penser que le chat ne lui a pas parlé directement. Cela expliquerait pourquoi je n'ai pas réussi à entendre la voix du matou.

Le chat d'Émilie ne lui a pas dit à haute voix le mot «William». Il lui a transmis par «télépathie».

Certains d'entre vous auront peut-être

l'impression que je divague encore. Vous pensez que je vais chercher loin l'explication d'un nom que ma sœur a probablement trouvé par hasard tout simplement. Ce n'est pas mon avis.

Il serait trop facile au contraire d'admettre que le choix d'Émilie relève d'une simple coïncidence. L'explication par la télépathie me paraît plus appropriée.

Vous ne savez peut-être pas ce qu'est la télépathie? Il s'agit là aussi d'un phénomène dont on parle souvent dans les histoires bizarres.

La meilleure façon de vous le faire comprendre, c'est de comparer ça à la télévision. Vous remarquerez d'ailleurs que les deux mots se ressemblent et commencent par «télé».

Dans le dictionnaire, on explique que «télé», ça vient d'un mot grec qui voulait dire «loin». La télévision, c'est quelque chose qui permet d'avoir une «vision» de «loin», de voir des images qui viennent de loin.

La télépathie, ce serait un peu la même chose. Sauf que dans ce cas-là, ce n'est pas un appareil qui transmettrait des choses au loin, mais le cerveau,

directement. Et ce que le cerveau d'une personne ou d'un animal pourrait transmettre à un autre vivant, ce seraient des pensées.

D'après moi, le gros chat d'Émilie a transmis par télépathie le mot «William» à ma petite soeur. Et vous savez déjà que si le chat connaît ce mot, c'est parce qu'il est l'ancien amoureux de ma mère, réincarné dans la peau d'un chat.

Vous avez des doutes? Et vous vous demandez pourquoi le chat n'a pas transmis son nom directement à Lucille plutôt que de passer par Émilie? Là-dessus aussi, je crois avoir une explication.

Il paraît, d'après des livres que j'ai lus, que les enfants plus jeunes ont des capacités de communication qu'on perd en vieillissant. Les enfants de cinq ans seraient donc encore sur la même longueur d'ondes que les animaux.

Je suis sûr qu'Émilie n'a pas inventé elle-même le nom de son chat. William, ce n'est pas un nom de chat. Elle a capté directement dans sa tête le nom que l'animal lui a transmis.

Je ne vois pas d'autre explication. Et cette explication n'est pas si folle qu'elle

en a l'air.

Il y a cent ans, si vous aviez parlé de la télévision à n'importe qui, il aurait ri de vous. Tout le monde aurait pensé que c'était impossible de transmettre de loin des images comme la télévision le fait maintenant. Et pourtant, c'était possible.

Il est donc parfaitement possible que le chat William ait parlé à Émilie par télépathie. Même si la science d'aujourd'hui ne reconnaît pas encore ce mode de transmission.

Émilie est peut-être tout simplement la seule dans la famille dont le cerveau soit au même canal que celui du gros chat!

Épilogue

Il faut que je vous raconte ce qui est arrivé ce matin. Cela a failli détruire presque toutes les hypothèses que j'avais formulées jusqu'ici.

Je suis dans le salon avec Lucille, Raymond et le chat William. Émilie entre et nous annonce qu'elle veut nous présenter un nouvel ami.

Nous voyons alors s'avancer un petit garçon blond à lunettes. Il demeure dans l'embrasure de la porte, gêné et mal à l'aise.

— Viens. Viens. Aie pas peur.

Émilie l'a pris par le bras et l'entraîne en haut de l'escalier. Maladroit, le garçon s'enfarge dans une marche et tombe en avant. Avec un sourire forcé, il ramasse ses lunettes et les replace gauchement sur son nez.

Lucille, qui semble avoir déjà vu le jeune quelque part, essaie de le mettre à l'aise.

— Il n'y a pas longtemps que tu demeures par ici, si je ne me trompe pas?

Le garçon n'a pas le temps d'ouvrir la bouche qu'Émilie a déjà répondu.

— Il a déménagé.

— Laisse-le parler, Émilie. Il est capable comme toi, tu sais.

— Non, il est pas capable.

— Voyons, Émilie!

— C'est un Anglais. Il est pas capable.

— Ah! Je ne savais pas. Mais il est au moins capable de dire son nom, je suppose.

— Oui. Ça, il est capable... Dis ton nom à ma mère.

Le garçon est tout rouge. Après avoir pris une grande inspiration, il finit par sortir dans un souffle:

— William!

Je ne vous décrirai pas une fois encore la figure de tout le monde dans le salon. Même le chat avait l'air surpris.

Après un moment, Lucille et Raymond se sont regardés et ont souri. Lucille s'est approchée d'Émilie et lui a dit:

— C'est pour ça que ton gros minou s'appelle William?

Toute rouge à son tour, Émilie a fait signe que oui et est sortie en courant avec son ami.

En passant près de moi, Lucille m'a

caressé les cheveux en me disant:

— Et moi qui pensais que tu avais parlé de William à Émilie! Je m'excuse, mon grand!

Pour mes parents, tout était réglé. Ma soeur avait simplement donné au gros chat blanc le nom de son nouvel ami. Il n'y avait aucun mystère là-dedans.

Je préfère les laisser croire à ce genre d'explication qui les arrange. De cette façon, ils peuvent continuer à mener leur petite vie tranquille et à croire que tout ici-bas est simple comme bonjour.

Mais la vraie histoire, moi, je crois avoir mis le doigt dessus.

J'ai déjà lu quelque part qu'il y a des choses qui se répètent dans la vie sans que l'on sache trop pourquoi. C'est comme si parfois la vie bégayait. Comme si les mêmes histoires pouvaient se dérouler à différents moments dans le temps avec différentes personnes.

On appelait ça, dans le livre que j'ai lu, «le mythe de l'éternel retour».

Je ne sais pas si vous allez être d'accord avec moi, mais je crois être aujourd'hui devant un cas frappant d'«éternel retour».

Ma mère Lucille a aimé autrefois un

William. Ma soeur Émilie, qui ressemble d'ailleurs beaucoup à ma mère, aime maintenant un autre William. C'est la même histoire qui recommence.

Mais cela m'amène à me poser de sérieuses questions.

«Est-ce que ma soeur Émilie va perdre, elle aussi, son amoureux? Et si oui, est-ce qu'il y aura un Raymond II pour venir alors la consoler?»

S'il fallait que tout ça se produise, ça donnerait une histoire encore bien plus extraordinaire que toutes celles d'Edgar Allan Poe!

Imaginez ça deux minutes.

NOUVELLES
HISTOIRES EXTRAORDINAIRES

D'EDGAR ALAIN CAMPEAU

«Raymond II ou l'éternel amour»

Trois millions d'exemplaires vendus. Traduit en 26 langues.

Si tout ça arrivait, c'est sûrement mon père qu'il faudrait que j'emmène chez le psychiatre!

Table des matières

Achevé d'imprimer
sur les presses de Litho Acme Inc.
2e trimestre 1991

Gilles Gauthier

Né en 1943, Gilles Gauthier a d'abord écrit du théâtre pour enfants: *On n'est pas des enfants d'école,* en 1979, avec le Théâtre de la Marmaille, *Je suis un ours!,* en 1982, d'après un album de Jörg Muller et Jörg Steiner, *Comment devenir parfait en trois jours,* en 1986, d'après une histoire de Stephen Manes. Ses pièces ont été présentées dans de nombreux festivals internationaux (Toronto, Vancouver, Lyon, Bruxelles, Berlin) et ont été traduites en langue anglaise. Son roman *Ne touchez pas à ma Babouche* a reçu, en 1989, un prix d'excellence de l'Association des consommateurs du Québec et le prix Alvine-Bélisle qui couronne le meilleur livre jeunesse de l'année. Ce roman a aussi été traduit en anglais et en grec.

L'auteur prépare une pièce de théâtre, d'autres romans pour les jeunes, de même que des contes et une série de dessins animés pour Radio-Québec.

Jules Prud'homme

Jules Prud'homme est bien connu des petits et des grands pour ses bandes dessinées et ses illustrations éditoriales. Ses amis disent de lui qu'il est un homme de contradictions tout à fait charmant. Il adore l'opéra mais il est guitariste de blues, il boit trop de café même s'il le supporte mal, il caresse les chats même s'il est allergique et il dessine plus pendant ses vacances que quand il travaille dans son atelier. Profondément antimilitariste, il préfère cuisiner, jouer au badminton et... manger son gruau tous les matins.

Edgar le bizarre est le troisième roman qu'il illustre à la courte échelle.

la courte échelle

Les éditions de la courte échelle inc.